LA

GUERRE D'ORIENT

POËME

PAR J. B. FAURIE

Professeur de mathématiques spéciales au lycée Saint-Louis
Examinateur d'admission à l'École navale
Chevalier de la Légion d'honneur

———◄◦◦◦►———

PARIS

TYPOGRAPHIE DE CH. LAHURE ET Cie

IMPRIMEURS DU SÉNAT ET DE LA COUR DE CASSATION

RUE DE VAUGIRARD, 9

1858

LA
GUERRE D'ORIENT.

I

L'Europe reposait dans une paix profonde ;
L'industrie et les arts, ces nouveaux rois du monde,
Fondaient sur les bienfaits leur souveraineté,
Et la guerre abdiquait sa sombre royauté.
Tout à coup, menaçant, un drapeau se déploie,
Et Nicolas a dit : Stamboul sera ma proie.
Un parchemin poudreux, sur sa lance arboré,
A son ambition sert d'étendard sacré ;
Mais contre un empereur doublé d'un casuiste,
L'Europe a la raison et le droit qui résiste.
L'histoire jugera ce projet clandestin,
Qui, pour mieux l'assurer, partage le butin,
Quand le czar, de sa race imitant les grands princes,
Leurre deux souverains par l'appât de provinces.
Pour nous, dans Nicolas, respectons le vaincu ;
Il est tombé trop tôt pour être convaincu.
Ici, le vrai coupable est ce vieux fanatisme,
Qu'un peuple de muets inspire au despotisme.

1858

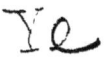

Quel mortel, comme un dieu sur son trône adoré,
Par l'encens des flatteurs ne serait enivré!
Si l'aigle, en son essor, recherche la lumière,
C'est que, jeune, un jour pur l'a baigné dans son aire ;
Tandis que le hibou, triste enfant de la nuit,
Ferme un œil sans regard, dès que le soleil luit.

II

Le bien a dans le mal sa racine éternelle.
Saluons l'alliance auguste et solennelle
De deux peuples rivaux si longtemps ennemis
Que le sort divisa, que le droit fait amis.
Pour expliquer comment l'Angleterre et la France
S'arment pour l'opprimé, volent à sa défense,
Vous sonderiez à tort le sombre souterrain
Où la raison d'État pétrit un noir levain.
Ce bel enfantement fut conçu sans mystère,
Et dans l'honneur public il proclame son père.
Gloire à Napoléon d'avoir si bien compris
Les battements du cœur qu'on appelle Paris.
Son pouvoir, né d'hier, d'un bond atteint la cime
Où l'honneur le couronne et le rend légitime.
L'action, la pensée, en son vaste cerveau,
Parmi les fondateurs ont marqué son niveau,
Et si penser, agir sont la gloire suprême,
La gloire sur son front pose le diadème.
Et toi, pontife saint, dont la haute raison
A des siècles nouveaux entendu la leçon,
Pourrais-je t'oublier? Protestant, catholique,
Musulman, tous ont part à ta faveur publique,
Et ton cœur, plein du Christ mort pour tous les mortels,
Adopte le malheur, quels que soient ses autels.
Le droit, qui fléchit tout sous sa loi progressive,

Des papes et des rois tient l'oreille attentive.
Jadis, contre les Turcs tonna le Vatican ;
Rome fait aujourd'hui des vœux pour le Sultan.
Quel spectacle éloquent et bien fait pour instruire,
Qui prétend fuir du temps l'inévitable empire !

III

Les héros sont partis, et l'Euxin étonné
Jamais de tant de nefs ne se vit sillonné.
Bientôt il entendra ces foudres de la guerre,
Qui dans l'oubli des droits décident tout sur terre.
Mais d'abord, en témoins, nous suivons le duel
Qui pour l'un des lutteurs peut devenir mortel.
A des conseils de paix offrant toujours l'amorce,
Longtemps nous différons l'usage de la force.
Le czar, à Silistrie, a pâli d'un affront,
Et le sang de Sinope a fait rougir son front.
Cependant il vainquit. Sur cet affreux carnage
La mer se referma ; mais la honte surnage,
Et dans tout l'univers court l'indignation,
Dont un crime inutile arme l'opinion.
Quand le fauve vautour, dans sa serre cruelle,
Enlève un faible agneau qu'il prit à la mamelle,
Un plaintif bêlement retentit sur les monts,
Et le pâtre accourant s'essouffle en vains jurons.
Le brigand se repaît sur une roche nue ;
Soudain, un coup parti d'une main inconnue
Le frappe sur sa proie, et l'altier ravisseur
Expire ; la faiblesse a trouvé son vengeur.
Vous périrez aussi, vaisseaux impitoyables,
Et jusqu'à vos débris se perdront sous les sables ;
Un criminel triomphe est pire qu'un écueil,
Et dans le port sauveur sombrera votre orgueil.

IV

Mais l'honneur coûte cher et la justice est lente.
Avant le jour heureux que de maux sous la tente !
Il semble que le Ciel, loin de nous protéger,
Par d'horribles fléaux veut nous décourager.
Nos soldats décimés par une mort sans gloire
Regrettent le drapeau qui verra la victoire,
Et vaincus sans combat par d'incurables maux
Aspirent vainement aux périls des assauts.
Mais le soldat qui meurt à son poste, en silence,
Jette sur l'avenir une noble semence.
Le mal n'est pas du bien un précurseur nouveau,
Et le salut du monde est sorti d'un tombeau.
C'est pourquoi, dignes fils de France et d'Angleterre,
A vos heureux vengeurs léguez votre poussière.
Puisqu'il faut à la gloire une expiation,
Pour vaincre en vos amis vous payez la rançon.
Votre offrande, du Ciel fléchira la colère ;
Les dévoûments obscurs sont l'âme de la guerre ;
De l'inflexible sort vous fûtes les élus,
Mais vos frères vaincront quand vous ne serez plus.
Saint-Arnaud visité d'un prophétique rêve
Au plus hardi dessein presque mourant s'élève,
Et secouant le poids d'un monde de raisons,
Sa sublime folie à son cœur dit : marchons.
Ainsi le choléra fut un auxiliaire,
Et le premier laurier verdit sur un suaire.
Le héros, inspiré par le champ de la mort,
Vit l'espérance en pleurs, lui montrant l'autre bord,
Livrer à son trépas le sol de la Crimée,
Assurer à ce prix le salut de l'armée,
Et, flattant son orgueil d'un triomphe immortel,
Couronner la victime en l'offrant à l'autel.

V

Enfin nous abordons sur cette plage nue,
Où la guerre s'enferme en champ clos, sans issue.
L'immensité des mers ne permet pas de fuir ;
Mais la victoire attend qui veut vaincre ou périr.
Et déjà, sans combat, occupant le rivage,
De nos prochains succès nous possédons un gage.
A l'Alma Mentschikoff a choisi son terrain ;
Qu'il le garde aujourd'hui, nous y serons demain.
Voyez-vous s'élancer le torrent électrique
Escaladant les monts par un pouvoir magique.
Le zouave est de feu ; Briarée aux cent bras,
Il domine là-haut quand on le cherche en bas ;
Glisse le long des rocs d'une main frénétique,
Serpent insaisissable, athlète fantastique,
Et l'agile vigueur de ce corps de granit
Semble à l'œil incertain un rêve de l'esprit.
Le Russe fasciné pense que quelque diable,
Couvert d'un masque humain réalise la fable.

VI

Le czar disait : songez à la Bérésina.
La France à ce défi répondait par l'Alma.
Les Russes insultaient à nos vieilles blessures,
Aujourd'hui dans leur sang nous lavons nos injures.
L'aigle victorieux portant plus haut son vol,
D'un regard menaçant couve Sébastopol.
La voilà, cette tour défiant l'Empyrée;
Qu'elle sera petite à terre mesurée !
Voyez l'art, le génie aux prises des deux parts,
Creusant des souterrains, élevant des remparts;
Et qui surpassera cette ardeur de construire?

La fureur de tuer et l'adresse à détruire.
Si merveilleux que soient ces travaux de géant,
Le canon n'en fera que poussière et néant.
A peine un peu de cendre, un amas de ruines
Attestera l'effort des puissantes machines.
Accourez, souverains ; rassasiez vos yeux
De ces ruisseaux de sang qui font horreur aux cieux.
Que de milliers de morts tombent en sacrifice,
Et contre vous à Dieu vont demander justice !
Sur des débris humains vous conclurez la paix ;
Que ne la faites-vous avant tous ces forfaits ?
La raison heurte en vain l'oreille impériale.
La guerre fait briller la palme triomphale,
Et du palais des czars chassant la vérité,
Dans un sillon de sang pousse l'humanité.
La volonté d'un seul des peuples fait litière,
Et creuse en Orient un vaste cimetière.
Si ferme jugement qu'un homme porte en lui,
Par de fausses lueurs il peut être ébloui,
Et trop souvent le roi du vertige complice,
S'obstinant à tomber, défend qu'on l'avertisse,
Et Dieu nous partageant en père la raison,
Sur la hauteur du rang n'en règle pas le don.

VII

Mais, poursuivant la paix à travers les batailles,
Le droit s'adresse encore aux royales entrailles.
Symbole glorieux de cette liberté,
Fruit qui donne la force à ceux qui l'ont goûté,
Sur l'Apennin s'élève un étendard superbe.
Notre alliance au nord s'enrichit d'une gerbe ;
L'Allemagne en tutelle attend l'ordre des cours,
Berlin ne promet rien, Vienne hésite toujours,

Et dans son rôle ingrat, portant envie au nôtre,
Se penche d'un côté prête à tomber de l'autre.
Ces rois, que l'intérêt, la peur tient à l'écart,
Sébastopol tombé, viendront prendre leur part.
Mais si la liberté pour eux est généreuse,
L'ascendant des bienfaits la rendra dangereuse,
Et de sa majesté les peuples éblouis,
Sans consulter les rois, deviendront ses amis.
La nuit même a des yeux pour voir le phare immense,
Monument des sueurs d'Angleterre et de France.
Le Christ sur le calvaire au monde l'a promis :
Ceux qui donnent leur sang en recevront le prix.
Contagion du bien, attrait de la justice,
D'un ennemi cruel vous faites un complice.
La victime triomphe en son dernier soupir,
Et le bourreau devient le vengeur du martyr.
Descends du piédestal, vieux machiavélisme,
Culte de l'intérêt, hypocrite égoïsme,
Les peuples, tes jouets, instruits par les revers,
Feront du dévoûment la loi de l'univers,
Et l'Orient, témoin d'une sublime lutte,
Dans Sébastopol pris applaudira ta chute.

VIII

L'œil troublé, confondu par cet amas d'exploits,
Du cœur je les embrasse et ne puis faire un choix.
Balaclava me montre une audace héroïque
Dont l'éclat fait pâlir le dévoûment antique,
Quand des canons croisés défiant des volcans,
Le chef dit : « En avant, dernier des Cardigans ! »
Plus l'obstacle grandit, plus l'ardeur se prodigue.
Le torrent se grossit pour emporter la digue.
Le plateau d'Inkermann sous un épais brouillard

Voit l'aigle vigilant venger le léopard.
Le Russe triomphait ; une avalanche humaine
Se rue, et les vainqueurs partout jonchent la plaine.
Mais la nuit pour témoins ne donne à ces exploits
Que le cœur des amis et sans doute des rois.
La boue a bu le sang et le brouillard qui tombe
Dérobe aux deux partis l'effroyable hécatombe.
Des généraux d'armée en ces obscurs combats
Meurent au premier rang, émules des soldats.
Aux ravins escarpés, comme un flot sur la grève,
La lutte se retire et revient et s'élève.
L'ivresse du combat atteint à la fureur,
Les corps d'un précipice ont fait une hauteur.
On en voyait debout frappés dans les broussailles
Qui semblaient épier les phases des batailles,
Et ces fils de la gloire au visage guerrier
Dans les bras de la mort souriaient au laurier.
Non, l'homme ne peut être une vile machine
Pour illustrer les rois, courant à sa ruine.
De l'immortalité la mort garde le seuil
Et le héros qui meurt sort vivant du cercueil.
La divine clarté qui dans son cœur rayonne
Au delà du tombeau lui montre la couronne.
Mais ce flot de valeur, si haut qu'il soit monté,
Est un jour par le ciel dans sa course arrêté.
Que peuvent nos efforts contre un horrible orage
Qui déplace la mer et change le rivage?
Les courages émus élevant leurs niveaux
N'empêchent pas l'Euxin d'engloutir les vaisseaux.
Ceux qui furent vainqueurs et se vantaient de l'être
Reconnaissent ici que Dieu seul est le maître,
Et sur terre et sur mer tout cœur doublé d'airain,
Comme un bienfait du ciel reçut le lendemain.

IX

Les voilà sans repos, sans trêve de vaillance,
Leur résolution s'exalte à la souffrance.
La place chaque nuit sent serrer son étau
Et demande à l'hiver le secours d'un fléau.
Quoique la terre soit de frimas hérissée,
L'ardeur des assaillants ne sera point lassée.
La vedette attentive interroge le sol,
Et le plus faible bruit trahit Sébastopol.
De hardis travailleurs la troupe haletante
Dans le granit rebelle avec le pic serpente,
Et souvent le soldat, avant le jour nouveau,
En creusant la tranchée a creusé son tombeau.
D'un repli de terrain s'élancent des fantômes
Qui seraient des héros, s'ils savaient qu'ils sont hommes.
Le lion du désert est aussi plein d'ardeur,
Mais la seule raison ennoblit la valeur.
Le boulet qui s'ignore a le prix du courage,
Si sur la force aveugle on règle le partage.
Dans le chemin qui guide à l'immortalité,
La gloire court de front avec la liberté.
Nos guetteurs à l'affût éventent l'embuscade,
La baïonnette est prête et suit la fusillade ;
Ces luttes dans la nuit dévorent des héros ;
Dieu seul les voit ; pour eux le monde est sans échos.
Au cliquetis du fer le combat se dirige :
L'oreille le conduit, quand l'œil a le vertige.
Le soldat en tombant entraîne son rival,
Le choc qui les unit à tous deux est fatal.
Entre les deux partis la fortune balance ;
L'inépuisable essaim sans relâche s'élance ;
D'un retour offensif la nouvelle vigueur

Du vaincu qui fuyait, va faire le vainqueur.
De sauvages hourras dissimulent le nombre ;
L'illusion du bruit peuple l'espace sombre.
Le jour comme la nuit est fécond en douleurs,
Le ciel est embrasé de sinistres rougeurs,
Et boulets écrasants, bombes incendiaires
Font crouler les remparts, sauter les poudrières.
Les ouvrages détruits se relèvent en monts,
OEuvres d'un dieu de l'art, d'un peuple de démons.
Assiégés, assiégeants, font assaut de ressources ;
La mort se réjouit d'inépuisables sources.
Le franc-tireur blotti d'un œil guettant le but
Frappe le canonnier apprêtant son affût.
Il ne sert de cacher, de couvrir l'embrasure ;
Le regard est plus prompt, la main n'est pas moins sûre.
Les Russes à leur tour, instruits par nos leçons,
Font sur nos éclaireurs de lugubres moissons.
En efforts continus le courage s'épuise
Et Paris veut l'assaut non moins que la Tamise.
Nous serrons l'ennemi dans une main d'acier ;
Le géant se débat ; il reste à le lier.

X

Sous un ciel inclément avoir sauvé l'armée,
De mille exploits divers étonné la Crimée,
Et construit savamment cet immense réseau
Qui de Sébastopol circonscrit le tombeau ;
C'est unir à la fois, et sagesse et vaillance,
Et marquer la valeur du sceau de la science.
De l'art de commander c'est prudemment user
Que préparer l'armée à pouvoir tout oser.
Ce retard calculé, qui vous blesse peut-être,
Assure le succès que le chef sait remettre ;

Il grandit à mes yeux et s'élève plus haut
En dominant son cœur qui le pousse à l'assaut.
La sagesse a laissé mûrir la destinée.
De si riches moissons valent bien une année.
Le chêne des forêts, superbe en sa hauteur
Dans la séve du temps a puisé sa vigueur;
Il monte lentement; mais contre la tempête
La largeur de la base affermira le faîte.
L'édifice coûteux des grands événements
Trouve dans le passé de larges fondements.
C'est la voix de l'armée et de ce fier courage
Que touche de respect un si rare héritage,
Et qui d'un bras de fer soutenant notre élan
Rend la paix à l'Europe et l'honneur au Sultan.
Ajoutant à l'éclat de la valeur guerrière
Ils se montrent tous deux grands par le caractère,
Et l'échange des rangs et du commandement
Grandit celui qui monte et celui qui descend.

XI

Le but qui se rapproche anime l'entreprise,
Et par la nouveauté l'espérance s'aiguise,
Et dans moins de trois jours le nouveau chef fait voir
Que l'armée à bon droit embrasse un grand espoir.
La lune voit courir de gigantesques ombres
Qui de hardis travaux font de sanglants décombres.
En plein jour la valeur à la fin resplendit.
Sur le mamelon Vert le soleil la conduit.
Au grand bruit du canon que personne n'écoute,
Déjà nous occupons l'imprenable redoute.
Les premiers arrivés y laissent leurs amis.
Un excès de valeur enivrant les esprits,
Jusques à Malakoff ils poussent leur audace.

Un seul jour est trop peu pour emporter la place.
Forcés à la retraite, ils n'ont droit qu'à des pleurs;
La discipline aurait évité ces malheurs.
Le Russe, par le feu trouvant la route ouverte
Accable nos héros et recouvre sa perte;
Mais leurs frères ardents courent les secourir,
Les ramènent vainqueurs et pour eux vont mourir.
L'aigle une fois encore au mamelon s'accroche,
Et son œil vigilant en défendra l'approche.
Les Anglais, comme nous emportés par l'élan,
Ont le tort glorieux d'affronter le Redan.
Puisqu'ils avaient conquis l'*ouvrage des Carrières*,
C'était assez d'honneur pour se dire nos frères.
Les ennemis dans l'ombre assaillent impuissants
Une digue de fer et des remparts vivants.

XII

D'innombrables exploits ont signalé nos armes ;
Mais un sang généreux ne coule pas sans larmes,
Et la gloire si belle aux regards des humains
Voile d'un deuil royal ses charmes tout divins.
Elle se plaît, féconde en retours effroyables,
A choisir les heureux parmi les misérables,
Et, tirant la grandeur du milieu des débris,
A l'orgueil couronné fait sentir ses mépris.
Les plus grands conquérants n'ont pu trouver de lice
Qui renferme sa course, arrête son caprice,
Et qui veut haletant corps à corps la presser ·
Par sa trop vive ardeur s'expose à l'offenser.
Noble fille du Ciel dont le temps croît le lustre ,
Parfois elle sourit en un revers illustre,
Et fière des malheurs de la témérité
Conduit une défaite à l'immortalité.

Nous méritons trop bien ce coûteux patronage
Que le sang réjouit, que charme le ravage,
Lorsque prêts en dix jours pour un nouvel effort,
Affrontant Malakoff nous y trouvons la mort.
La Russie en conçut une espérance vaine,
La victoire essoufflée a dû reprendre haleine.

XIII

Le sol est chaque jour profondément fouillé.
La gloire est un trésor dans son sein recélé
Et la pioche et le pic sous des voûtes obscures
Abritent le soldat qui tombait sans murmures.
Nous touchons aux remparts en étendant la main;
Nos bras achèveront les brèches de l'airain.
Les ouvrages nouveaux qui le matin surgissent
Disent que les destins de jour en jour mûrissent.
L'ennemi qui le sent tente la Tchernaïa;
Mais tout était prévu; les alliés sont là.
Les Sardes attendaient, avides d'aventures,
Et le soleil levant montre au ciel leurs blessures.
Le Russe au désespoir s'acharnait à mourir.
Il tomba vaillamment sur le pont de Traktir,
Et Gortschakoff pleurant leur furie inutile
Dut lire dans leur mort la chute de la ville.

XIV

Tout est prêt pour l'assaut. Ces ardents ennemis
S'en vont s'entr'égorger pour devenir amis,
Et ce hideux massacre est l'obligé salaire
Dont l'honneur fait payer une paix nécessaire.
La poussière et le vent tourbillonnant dans l'air

Mêlent leurs sifflements au foudroyant éclair.
Le soldat étincelle et sa forte poitrine
Promet au fer aigu la pourpre et la ruine.
Midi vient de sonner, silencieux signal.
La gloire sur l'armée agite son fanal.
Sortez de vos tombeaux, héros des Pyramides,
Et venez contempler vos enfants intrépides.
Dans un sol hérissé de rocs, d'aspérités,
Courent chasseurs à pied, zouaves indomptés.
Sur leurs corps déchirés d'autres prennent la place,
Les bras, le fer, le feu se mêlent dans l'espace.
La baïonnette en sang ne se peut manœuvrer,
Et dans ce bloc de cœurs cesse de pénétrer,
Tant la masse est pressée! et la houle sanglante
Roule comme un seul corps la vague dévorante.
Dans ce torrent de chair grondent d'horribles sons.
Le bruit sourd des duels domine les clairons.
Le bastion béant engouffre la marée;
Un râle affreux échappe à sa gorge serrée;
Malakoff est à nous. Courtines et redans
Sont en proie aux fureurs d'aussi fougueux élans.
L'aigle plane superbe au vent de ces tempêtes
Et son regard vainqueur anime les athlètes.
On dirait que le sol vomit des combattants,
Et les corps entassés exhaussent les vivants.
La mort vole partout, faucheur infatigable,
Des rangs tombent entiers sous sa faux indomptable,
Des fourneaux souterrains éclatent les volcans;
Les bombes, les obus crèvent en ouragans.
L'artilleur se dévoue et sa mort volontaire
Fatigue les vaisseaux qu'il contraint à se taire.
Le héros qui se meurt lève un front triomphant
Et d'un regard d'orgueil suit le Russe fuyant.
Les ouvrages minés furent des cimetières
Qui pouvaient dévorer des légions entières.

La valeur les conquit, la prudence les rend,
Le plus heureux échec nous sauve du redan.
L'aigle dans Malakoff est maître de la place
Et des foudres cachés étouffe la menace.
Mac-Mahon avait dit : « Je n'en sortirai pas. »
Il connaissait les siens, leurs grands cœurs et leurs bras
Les Russes ont perdu l'effroyable partie;
Par leurs mains dans le feu la ville est engloutie.

XV

Il suffit à l'honneur d'être victorieux.
Le droit et la raison se montrent généreux.
Après la paix conclue il reste assez à faire,
Poursuivre l'ignorance et vaincre la misère,
Offrent aux souverains d'aussi nobles combats
Que la guerre qui fait un désert des États;
Et dans le cœur du czar les devoirs politiques
Purent seuls retarder ces bienfaits pacifiques.
Honte dans l'univers, honte aux ambitions,
Comme un jouet d'enfant brisant les nations.
Un roi pour ses sujets doit être plus qu'un père,
Puissance suit bonté dans la sainte prière.
Suffit-il pour un roi de porter la vertu
Jusqu'à les applaudir s'ils ont bien combattu,
Et bâtir, triomphant dans les pleurs domestiques,
D'orgueilleux monuments aux vanités publiques?
L'Europe a tant souffert de tous ces beaux trépas,
Qu'elle criera longtemps : « Ne recommencez pas. »
L'Angleterre, scellant une illustre alliance,
Conservera sa main dans celle de la France.
Ni le temps ni le sort ne pourront désunir
Ceux qu'un ciment de gloire et de sang vient d'unir,
Et dont le dévouement digne d'un peuple libre

De l'Europe ébranlée assure l'équilibre.
Et vous, fils du Coran ennemi du chrétien,
Que la paix fait entrer au droit européen,
Acceptez le flambeau que l'Occident vous donne,
Le peuple qui l'éteint à la mort s'abandonne.
Vous avez fait jadis trembler la chrétienté ;
Le Christ pour vous défendre arme la liberté.
L'Orient fut par vous le tombeau de nos frères ;
L'Europe en vous sauvant vous pardonne vos pères.
Mais vos droits qui du temps invoquent les arrêts,
Soumis aux changements, sont sujets du progrès,
Du progrès souverain au sceptre impérissable,
Même à ses ennemis aimant et secourable.
Ouvrez-lui vos États comme au Nil bienfaisant,
Qui verse au sol aride un limon fécondant.
L'Orient autrefois nous transmit la lumière ;
Qu'au soleil de l'Europe à son tour il s'éclaire.
Par la science et l'art un corps régénéré,
Reçoit un sang plus pur dans son sang altéré,
Et le mourant frappé d'un sommeil léthargique
Ranime ses esprits au courant électrique.
Vos étais vermoulus ne peuvent plus tenir ;
Le levier qu'on vous tend soulève l'avenir.

FAURIE.

Ch. Lahure et Cie, imprimeurs du Sénat et de la Cour de Cassation,
rue de Vaugirard, 9, près de l'Odéon.

www.ingramcontent.com/pod-product-compliance
Lightning Source LLC
Chambersburg PA
CBHW061427170626
46811CB00005B/2167